목화꽃 송이로 터지듯

천년의시조 1009
목화꽃 송이로 터지듯

1판 1쇄 펴낸날 2022년 1월 28일
지은이 유지선
펴낸이 이재무
기획위원 김춘식, 유성호, 이형권, 임지연, 홍용희
책임편집 박은정
편집디자인 민성돈, 장덕진
펴낸곳 (주)천년의시작
등록번호 제301-2012-033호
등록일자 2006년 1월 10일
주소 (03132) 서울시 종로구 삼일대로32길 36 운현신화타워 502호
전화 02-723-8668
팩스 02-723-8630
홈페이지 www.poempoem.com
이메일 poemsijak@hanmail.net

ISBN 978-89-6021-614-3 04810
     978-89-6021-345-6 04810(세트)

값 10,000원

목화꽃 송이로 터지듯

유지선 시조집

천년의
시작

등단 20여 년 만에 첫 시집을 묶습니다

범람하는 책의 홍수 속에서

망설이다가
망설이다가

외롭고
아프고
지친 이들에게

잠시라도
순간이라도

위로가 되고
노래가 될 수 있다면
그런
작은 바람 하나 붙잡고
가만 펜을 놓습니다

이천이십이년 일월 반석산 아래
유지선

차례

시인의 말

제1부 눈길 머문 자리

꽃 ──── 13

화락만지공花落萬枝空 ──── 14

JH 스승 ──── 15

그리움 ──── 16

출입 금지 ──── 17

그해 가을 ──── 18

제부도 사랑 ──── 19

문성사 배롱나무 ──── 20

그 소녀 ──── 21

비 오는 거리에서 ──── 22

겨울 연가 ──── 23

인생 ──── 24

제2부 내 키를 훌쩍 키운 건

디자인하자 ——— 27

가을비 ——— 28

나의 시 ——— 29

민생 ——— 30

제비꽃 ——— 31

기원 ——— 32

가로등 ——— 33

안개 도시 ——— 34

작가 심문형 ——— 35

고요 ——— 36

자식 사랑 ——— 37

나의 체어맨 ——— 38

제3부 풋감 떨어지던 그 새벽

값 ——— 41

고해 ——— 42

상주에서 ——— 43

2021 비망록 ——— 44

또 하나의 강물 ——— 45

발안 장터 ——— 46

낙화 ——— 47

늙은 암소 ——— 48

슬레이트 지붕 ——— 49

신일 전기 건조기 ——— 50

명패 ——— 51

기대슈퍼 ——— 52

제4부 우리 엄마 우셨다

참주인 ——— 55

네, 어머니 ——— 56

당신 ——— 57

큰언니 ——— 58

막내의 일기 ——— 59

어떤 날 ——— 60

구레나 사람 시몬처럼 ——— 61

석이 오빠 ——— 62

미역국을 끓이며 ——— 63

엄마와 딸 ——— 64

기도 ——— 65

닮았다 ——— 66

제5부 조선간장 맛이 깊다

문암리 아침 ——— 69

연꽃 ——— 70

무죄 ——— 71

산사에서 ——— 72

부재 ——— 73

칠월 ——— 74

손금 ——— 75

태백산 눈꽃 ——— 76

내소사에 들다 ——— 77

사월 ——— 78

섭리 ——— 79

위안부 할머니 ——— 80

해　설

유성호 한 사랑 위해 단 한 번 피는 꽃 ——— 81

제1부 눈길 머문 자리

꽃

얼핏 보면 그냥저냥 피는 것 같지만
저 하늘 별들의 눈길이 머문 자리
푸른 밤
운석이 되어
영원을 사는 너

얼핏 보면 지천으로 피는 것 같아도
울 언니 미소처럼 울 언니 눈물처럼
오로지
한 사랑 위해
단 한 번 피는 꽃

화락만지공花落萬枝空

한철 피다 진 꽃이라
화무는 십일홍이라

폭풍이 몰아쳐도
사과는 붉다지만

사람아
사람 위에 사람아
인생은 화락만지공花落萬枝空

JH 스승

스승의 제자 사랑 손톱 밑도 밝힙니다

언 땅에 봄비 불러 별빛 주고 햇빛 주고

목화꽃 송이로 터지듯 겨레의 꽃 피우시네

그리움

아무리 아프대도
저기 저 낙화만 할까

아무리 외로운들
저기 저 먹구름만 할까

했더니
낙뢰가 치더라
누가 자꾸 우시네

출입 금지

애써도 못 버린 마음 모두 다 꺼내자
뒤척일 자리 몇 평이면 넉넉한 호사지
널 향한 끝없는 구속
내가 사는 이유였어

햇빛도 땅에 묻고 달빛도 흙에 묻고
오직 나만 있는 그곳에 오롯이 든다
담담히 빗장을 건다
외부인 출입 금지

그해 가을

설레지 않고서야
그대 꿈을 어이 꾸리

갈꽃을 가득 안고 그대에게 가는 길

내 생애
가장 푸른 은유
바람도 눈 감았다

주고받은 언어들
그건 모두 들꽃이야

철새 떼 높이 날아 팽팽해진 가을아

무얼까
그리움인 듯
아니 첫사랑인 듯

제부도 사랑

품은 사연 꾸는 꿈도
혼자일 수 없다며

인연 따라 바람 따라
제부도는 잠 못 든다

바위도
바다에 기대
제 노래를 듣는 중

문성사 배롱나무

여행 온 소녀 몇 명
배롱나무꽃을 보네

잔잔한 꽃술들이
인증 사진 같아서

문성사 계단에 서서
해 지는 줄 모르네

그 소녀

가슴끼리 마주하면 사랑인 줄 알았쟈

사랑하는 심장은 졸지도 않는다구

생살에

소금을 뿌린 듯

그렇게 시린 것을

비 오는 거리에서

비 내리는 골목은
어디나 비슷하지

그와 걸었던 사거리
허름한 뒷골목

닮았어
흩어지던 빗방울
흔들리던 내 마음

겨울 연가

석고상 눈매 같은 어느 동지 외진 날에
한 가닥 눈발로 오는 아득한 네 목소리
유성은
빛으로 오다
운석으로 멎는다

갈래머리 냉이 캐듯 하얀 띠로 앉아서
아파 온 마디마디 하루 이틀 사노라면
해토의
낮은 음계를
들을 수가 있으리라

지금쯤 물새 있어 뱃전 밖을 칠거나
그럴 때 흘러가는 겨울 강을 보아라
낙폭의
울음소리를
들을 수도 있으리라

인생

아버지 술에 취해 들고 오신 흰 고무신

빛바랜 빨랫줄에 날아드는 새 떼들

삶이란 마리오가 전한 서글픈 그물 같은 것

제2부 내 키를 훌쩍 키운 건

디자인하자

오늘은 송두리째 신발장을 정리하자

구찌 펌프스 힐 장식도 떼어 내자

내 키를 훌쩍 키웠던 그 세월도 버리자

가을비

버려진 영수증들 현금인출기 사이로
'잔액이 부족합니다'
'사용 중지 카드입니다'

길 건너
서리 맞은 낙엽 같은
가을비가 내린다

나의 시

일상의 조각들이
꽃잎 지듯 하던 날에

한 나무 키워 내신
어머니의 정원 같은

회랑을
돌면서 눈물 젖는
시 한 수를 남겨 놓자

민생

미니 이모 얼굴에 수심이 깊어졌다

그나마 하던 일도
아예 끊어지고

다시 온
보릿고개에
한숨 쉬는 미니 이모

제비꽃

이름이 모든 것을 말하진 않아요

제비꽃은 어떤가요 그저 요요합니다

멀리서 바라만 보세요 기도하는 작은 꽃

기원

한강, 그 물줄기
소리 없이 뻗어 가고

씨앗은 땅속에서
더운 가슴으로 부풀겠다

늦가을
서릿발 쳐도
봄은 다시 오리니

가로등

허공중에 혼자 있다고
그 누가 말하랴

어둠 속 내팽개쳤다고
어느 누가 생각하랴

모르니
네 곁에 이웃
너를 보고 있단다

안개 도시

조간신문 1면 NASA 광고
화성 정착민 모집 조건 귀환 불가

안개가
가면성 안개가
도시를 감싸고 있어

작가 심문형

삼 년 내내 바다만 보며 대본을 썼단다

억울하게 살아온 4년여의 감옥살이

설워라 한 줌 알약을 삼켜 눈을 뜨지 못했네

고요

독약이 되었다가
보약이 되었다가

노모의 잔소리는
역대급 비상계엄

밤 깊어
머리맡 노모의 틀니
물컵 속에 고요하다

자식 사랑

신2단지 개교식에
조명등이 켜지고

구3단지 아이들
우르르 몰려갈 때

엄마들
학교 문제로
소송도 불사하네

나의 체어맨

내가 한 어떤 말도 그저 묻지 않는다

굳고 정한 백석의 갈매나무 같구나

풍상을 혼자 견디는 나의 산타클로스

제3부 풋감 떨어지던 그 새벽

값

시를 찾겠다고 무단 복사 중입니다

내가 시 되어 착해지고 싶습니다

무명 시 죽비로 치니 들꽃으로 핍니다

고해

지상에서 마지막 허락된 침대 한 칸
어머니 유배지에 긴 밤이 찾아왔다
코로나
어둠 속에 있고
외부인 출입 금지

엄마의 유년 닮은 강낭콩 밥 지어 놓고
뚝배기 냉이 된장 보글보글 끓여 놓고
하룻밤
손님으로도 못 모신
이 불효를 고해합니다

상주에서

감잎을 찻잔에
띄우시던 그날에도
바람 불어 풋감이
떨어지던 그 새벽도
어머닌
거친 손으로
새벽밥을 지으셨다

불그레 감이 익어
구유 곁은 초겨울
시렁 시렁 엮어서
처마 밑에 걸어 놓고
어머닌
감빛에 취해
눈물마저 고왔다

2021 비망록

밤과 낮 쉬지 않고
마스크 강림하사

해 같은 이 달 같은 이
제 빛이 더 밝다 할 제

너와 나 갈 길 몰라라
깜깜한 터널이어라

또 하나의 강물

이맘때쯤 남대천에
연어들 돌아오지

하늘이 세상 열 때
귀히 여겨 사랑하시듯

죽음을
허락하셨어
또 하나의 강물로

발안 장터

이발소 그림 한 점 햇빛이 비쳐 들 때

발안 장터 뒷골목 퍼져 가는 유행가

도랑물 저 혼자 몰래 소리 없이 흘러라

낙화

땅끝 산마을에 꽃샘바람 찾아왔다
맥없이 떨어진 꽃 쓸다 말고 아쉬워라
자목련 피는 가지에 봄빛 조금 남았다

나 오늘 죽더라도 동백 숲에 갈 테야
소근대는 꽃술과 떨고 있을 꽃 이파리
누군가 울고만 있을 화농 같은 이 봄에

늙은 암소

고단했던 노동의 기쁨도 지나가고

젊었을 적 생산의 고통도 지나가고

내 임무 두 평 독방 지킴이, 옛 시절도 지나가고

슬레이트 지붕

밥 냄새 국 끓는 소리 지붕을 넘어가고

풋감 한 알 떨어져도 가슴을 쓸어안고

내력이 낭만으로 내려라 빗소리도 내어 준다

신일 전기 건조기

아버님 손길 따라
실하게 연 붉은 고추

욱욱욱 말려지네
신일 전기 건조기

헛간 속
혼자 남은 건조기
오지 않는 아버지

명패

한평생 어루만진 아버지의 농기구

양수기에 탈곡기, 쇠스랑에 괭이 삽

일일이 주소를 적어 명패를 만드셨다

기대슈퍼

상품들 서로서로 어깨를 기대고

달맞이꽃 맨드라미 바람을 기대고

너와 나 기대슈퍼 모퉁이 운명처럼 기대고

제4부 우리 엄마 우셨다

참주인

내 허물 벗어 놓고
꿈조차 내려놓고

비가 되자 비가 되자
천둥소리 듣지 말자

다시는 흔들리지 않기
하나님 앞에서만 무릎 꿇기

네, 어머니

꽃무늬 양산 들고 외출하신 어머니

꽃무늬 블라우스 한 점 사 들고 오셨다

"어멈아, 이 옷 입어 보렴 색깔이 제법 곱구나"

당신

철부지 바람처럼
난 가끔 철없는 아내

말하고픈 속내는
묵상으로 다스리고

다정히
그저 사랑으로
불러 주는 목소리

큰언니

큰언니 마음 같은
텃밭의 감자꽃

황토밭 두둑한 고랑
감자씨 뿌리 내려

알알이
열매 맺습니다
진·선·미 우리 언니

막내의 일기

큰언니 유학 간 날
우리 엄마 우셨다

작은 언니 열나던 날
엄마가 우셨다

막둥이
사춘기일 때
우리 엄마 또 우셨다

어떤 날

작은 나는 어디 있나
흔들리는 잎새 하나
떠 가는 흰 구름은
고개 없어 좋겠구나

초록의
이 여름 산은
한 빛이어서 좋겠구나

백조로 날고 싶은
미운 오리 새끼
물결 지는 이유는
바람의 탓이었다

강물은
기다릴 뿐이었다
지켜볼 뿐이었다

구레나 사람 시몬처럼

달도 별도 잠든 한밤 시몬이 말을 건다

"죽음을 향한 길에서, 그 길을 걸어만 갔네"

죽어서 다시 살았네 거룩한 순종이어라

석이 오빠

석이 오빠가
멀리멀리 떠났다

오빠 주소는 갈 수 없는 하늘나라

온 산에
아카시아 피는 날
그렇게 떠났다

미역국을 끓이며

어머니 세월 닮은
미역을 씻는데

뽀얀 살점
국물에게 내어 준 가자미가

눈두덩
부어오르게
홀로 울고 있네요

엄마와 딸

엄마, 나 그거 하려나 봐
기분 나빠 뭔가 땡겨

엄마도 그렇거든
자꾸 입맛이 땡겨

엄마는
그거 끊어지려나
수지야, 재밌지

기도

심장을 묻었어
문득 나는 안 거야

소금에 절지 않는
물결이나 될 테야

간절한
기도 제목이
잠 못 들고 있었어

닮았다

일곱 살 적 내 모습
일곱 살 적 엄마를 닮아
엄지손 물어뜯던
버릇까지 엄마 닮아
손 옆에
고름이 올라
목 놓아 울었다

손가락 바라보며
보채다 칭얼칭얼
보오얀 내 뺨에
입 맞추는 우리 엄마
까르르
내 울음소리
그것까지 닮았다

제5부 조선간장 맛이 깊다

문암리 아침

감나무 어린잎이
첫 눈 뜨는 아침

송아지 어미젖 물고
어미 소 여물 먹는다

서너 평
뒤란엔 나비 날고
빈 항아리 오월이 찬다

연꽃

진흙의 연못에서 해사히 웃습니다

장맛비 쏟아져도 담담히 듣습니다

뙤약볕 몹시 따가워도 하늘 우러릅니다

무죄

한 줄기 햇살 받아
들꽃이 피어납니다

한 줄기 바람 따라
철새가 날아갑니다

저렇게
자유로운 건
죄 없기 때문입니다

산사에서

천 년을 견디어 온
대웅전 금이 가고

계절을 잘 지내 온
너와 나 틈이 나고

흠 없는
해와 달만이
지고 또 떠오르고

부재

우물 곁 감나무
소금 항아리, 삽살개

서너 평 마당 위로
구름 한 점 놀다 가고

해 질 녘
바람도 자고
주인은 부재중

칠월

강아지 조는 오후
볕 속에 감이 큰다

덜 자란 풋감 하나
이따금 바람에 놀라

후두둑
슬레이트 지붕 위
파랗게 하강한다

손금

못생긴 항아리 속
주홍빛 감이 삭고

그 곁에 큰 항아리 조선간장 맛이 깊다

금이 간
빈 항아리 하나
엄마의 세월이다

태백산 눈꽃

태백산 눈꽃이
영화처럼 오는 밤

제 목숨 숨겨 두고
풍경 한 폭 내어 준다

산맥도
눈을 감는다
나는 그냥 착해진다

내소사에 들다

꽃잎 져 버렸어도
낙엽 다 사라졌어도

구름 한 점 시가 되고
전나무 그림이 되고

내소사
저녁 종소리
경전을 읽습니다

사월

밭 주인 다라이에
볕을 인 채 내려놓고

감나무 그늘엔
졸고 있는 삽자루

고양이
심심해진 대문을
빙빙빙 돌고 있네

섭리

연잎 한 장 그 몸 반쯤
물속에 담그고

그리운 강아지풀
꽃술 가득 깃을 세우고

단풍잎
날개를 달고
비행을 떠나가고

위안부 할머니

할머니의
발등에 이제야 꽃이 핀다

진정
용서하고픈 내일의 꽃을 본다

더 이상
울지를 마라
매화꽃이 피었다

한 사랑 위해 단 한 번 피는 꽃
—유지선의 시조 미학

유성호(문학평론가, 한양대학교 국문과 교수)

1. 기억의 형식으로서의 시조

시조의 형식 미학은 4음보의 안정된 율격이 각각의 장章을 구성하면서 한 수의 작품이 3장이라는 동적인 구조로 완결된다는 데 큰 특징이 있다. 그래서 시조의 3장 구조는 소네트sonnet나 절구絕句의 4단 구조를 절묘하게 응축하고 변화시킨 특별한 형식으로 평가받고 있다. 짝수와 홀수의 절묘한 구조적 교직으로 이루어진 시조는 한편으로 역동적이고 한편으로 안정적인 가락을 지니고 있는 셈이다. 이처럼 시조에는 삶의 동적 흐름과 정적 단면이 함께 나타남으로써 가장 보편적이고 원형적인 심상이 그 안에 다양하게 피어나고 있다. 그렇게 시조는 압축과 여백을 중시하는 흐름을 이어 온 우리 고유의 역사적 장르인 것이다. 유지선柳志仙 시인의 첫 시조집 『목화꽃 송이로 터지듯』(천년의 시작, 2022)은 이러한 형식적 원리 위에서 자신의 원체험을 재현하고 구현해 낸 아름다운 서정의 도록圖錄이라고 할 수 있을 것이다.

대체로 시인들의 의식 혹은 무의식에 숨겨져 있는 이른바 '원체험原體驗'은 오랜 시간 동안 시인들의 언어와 사유와 감각을 고유한 모습으로 만들어 준다. 이때 원체험을 변형하는 데 시인들의 남다른 기억이 매개 역할을 맡는 것은 꽤 자연스러운 일일 터이다. 이처럼 원체험의 파생적 변형을 주도하는 기억은 서정시의 가장 중요하고도 전형적인 원리가 되어 주는 것이다. 유지선 시인은 객관적 실체로서의 시간이 아니라 내면에 웅크리고 있는 주관적 느낌으로서의 시간을 불러와서 이러한 기억의 형식으로서의 시조를 지속적으로 써 간다. 그 점에서 우리는 기억술로서의 '서정抒情'이라는 오랜 미학적 원리가 유지선 시조를 이루는 주류적 힘이 되고 있음에 상도想到하게 된다. 그리고 이러한 미학 세계가 그녀로 하여금 생의 비밀을 생생하게 기록하게끔 하고 또 다른 차원으로 도약해 가게끔 해 준다고 생각하게 된다. 이제 그 세계 안으로 한 걸음씩 들어가 보도록 하자.

2. '꽃'으로 불러 보는 지극한 사랑의 마음

대체로 우리가 접하는 자연 사물들은 그 자체로 자족적인 완결체가 아니라 끊임없이 변화하고 서로 적응해 가는 과정적 실체이다. 그것은 인간에게 불가결한 환경도 되어 주지만 스스로는 생명을 잉태하고 불가피하게 소멸해 가는 세계라고 할 수 있다. 따라서 인간은 자연과 함께, 자연의 일부로서, 삶과 부단히 통합되는 의미에서의 자연을 경험하고 형상화할 수 있을 뿐이다. 이때 서정시는 자연과 만나는 경험적 접점에서 발원하여 구체적 사물을 언어 안으로 끌어들여 결속시키는 데서 생성되어 가는 독자적인 특성을 지닌다. 유지선의 시조 또한 사물과 언어 사이의 남다른 친화력을 통해 자신의 기억을 길어 올리는 과정을 보여 주는 세계이다. 이는 존재 자체를 가능케 하는 현재적 힘의 원천이자 언어가 구체적 형상을 얻어 가는 원리이기도 할 것이다. 유지선의 시조는 이러한 세계의 정수精髓를 담음으로써 서정적 충일함을 우리에게 융융하게 건네준다. 그야말로 자연 사물에 의탁하여 서정적 동일성을 형성해 가는 과정이 아름답게 다가오는 순간이다.

얼핏 보면 그냥저냥 피는 것 같지만
저 하늘 별들의 눈길이 머문 자리
푸른 밤
운석이 되어
영원을 사는 너

얼핏 보면 지천으로 피는 것 같아도

울 언니 미소처럼 울 언니 눈물처럼

오로지

한 사랑 위해

단 한 번 피는 꽃

—「꽃」 전문

여행 온 소녀 몇 명

배롱나무꽃을 보네

잔잔한 꽃술들이

인증 사진 같아서

문성사 계단에 서서

해 지는 줄 모르네

—「문성사 배롱나무」 전문

시인의 시선에 들어온 '꽃'은 단순한 식물이 아니라 "저
하늘 별들의 눈길이 머문 자리"에 당당하게 드리워진 "푸른
밤/ 운석이 되어/ 영원을 사는" 존재이다. 얼핏 보면 그냥
저냥 지천으로 피는 듯이 보이지만 그 삶에는 필연적인 우주
적 비밀이 숨겨져 있다. 아닌 게 아니라 꽃은 마침내 "울 언
니"의 미소처럼 눈물처럼 "오로지/ 한 사랑 위해/ 단 한 번
피는" 유일한 존재자로 거듭난다. 별들의 눈길이 머물 정도
로 푸르고 아름다운 미소와 눈물을 가졌던 "울 언니"의 사

랑이야말로 꽃이 지닌 외관과 향기를 보여 주는 동시에 시인의 기억에 깊이 깃들여 있는 사랑의 흔적까지 환기해 준다. '꽃'이라는 원형 상징이 가진 순간적 아름다움이라는 속성을 뒤집어 항구적으로 존재하는 사랑의 마음으로 돋을새김한 이채로운 작품인 셈이다. 그런가 하면 문성사로 여행을 와서 배롱나무꽃을 완상玩賞하는 "소녀 몇 명"의 모습에서도 이러한 꽃의 위용이 잘 나타난다. 잔잔한 꽃술들이 인증 사진처럼 남아 계단을 잔잔하게 채워 주는 "문성사 배롱나무"는 오랜 시간 살아갈 소녀들처럼 해 지는 줄 모르는 아름다운 시공간을 환하게 장식해 준다. 두 작품 모두 '꽃'이라는 대상을 통해 삶의 깊이와 오램 그리고 아름다움을 노래한 명편이 되고 있다. 이러한 시상詩想은 "소근대는 꽃술과 떨고 있을 꽃 이파리"(「낙화」)로도 이어져 사랑의 순간성과 영원성이 사실은 한 몸이었다는 점을 꾸준히 암시해 주게 된다. 다음은 어떠한가.

설레지 않고서야
그대 꿈을 어이 꾸리

갈꽃을 가득 안고 그대에게 가는 길

내 생애
가장 푸른 은유
바람도 눈 감았다

주고받은 언어들

그건 모두 들꽃이야

철새 떼 높이 날아 팽팽해진 가을아

무얼까

그리움인 듯

아니 첫사랑인 듯

—「그해 가을」 전문

　이번에는 '갈꽃'과 '들꽃'이다. '갈꽃'은 보통 갈대에서 초
가을에 핀다. 야생화라고도 불리는 '들꽃'은 이름 모를 존재
자들을 은유할 때 흔히 소환되는 형상이다. "그해 가을"로
지칭된 어느 때, 시인은 갈꽃을 가득 안고 '그대'라는 2인칭
을 향하려 한다. 이러한 모습은 설렘의 꿈으로 충만한 "내
생애/ 가장 푸른 은유"의 순간을 암유隱喩해 준다. 바람도
눈을 감은 채 바라만 보는 사랑의 마음이 거기에서 환하게
빛난다. 그때 오랫동안 2인칭과 주고받은 언어들은 이름 모
를 들꽃처럼 "그리움인 듯/ 아니 첫사랑인 듯" 날아오르는
데, 철새 떼도 높이 날아 "그해 가을"을 더없이 팽팽하게 만
들어준다. 지극한 사랑의 시간을 쏟은 마음을 '갈꽃/들꽃'
에 투사投射한 아름다운 시편이다. 틀림없이 이러한 형상은
겨울이 오면 "한 가닥 눈발로 오는 아득한 네 목소리"(「겨울
연가」)로 번져갈 것이다. "한 사랑 위해/ 단 한 번 피는 꽃"

은 그렇게 우리에게 소중하고도 유일한 힘으로 다가온다.

모든 자연의 생명체는 일정한 시공간에 또렷하게 존재하다가 그 물리적 유한성으로 말미암아 결국 사라져 가게 마련이다. 다시 말해 그 어떤 생명도 어떤 곳에 한순간 존재했던 것에 지나지 않는다는 불가항력의 시간성이 그 바탕이 되고 있는 것이다. 유지선 시인은 영원성에 대한 갈망을 불가피한 그리움의 원리로 통합하면서 그 안에 담긴 시간 형식을 통해 사랑의 원리를 근원적으로 사유해 간다. 이때 유지선의 시조는 서정시가 본래적으로 가지는 영원성이나 근원성에 대한 탐구 의지에 지속적으로 근접해 간다. 그녀는 그러한 근원성을 직접 추구하지 않고 '꽃'이라는 자연 사물의 속성과 흔적을 통해 탐색하는 모습을 보여 줌으로써 시조의 시간예술로서의 위상을 드러내 준다. 산뜻하고 가없는 사랑의 마음이 그 안에서 출렁이고 있는 것이다.

3. 존재론적 기원을 향해 거슬러 올라가는 기억의 힘

물론 모든 기억이 다 기록이 되는 것은 아니다. 기록이라는 것은 모든 기억을 평면적으로 나열하는 것이 아니라 어떤 기억을 선택하고 응집하여 가시화하는 행위일 것이기 때문이다. 유지선의 시조는 삶의 보편적 원리나 이법理法에 대한 형상적 성찰 작업도 수행하지만 더 심층적으로는 오래된 자신만의 기억을 선택하고 미학적으로 배치하는 행위를 통해 존재론적 '기원(origin)'을 기록해 간다. 한편으로는 언어를 앞질러 가고 한편으로는 언어를 되돌리려는 욕망을 보이는 것도 그녀의 시조가 수행하는 이러한 기록 의지 때문이라고 할 수 있을 것이다. 그만큼 유지선의 시조는 존재론적 기원에 대한 섬세하고도 심미적인 탐색 과정을 보여 주는 상상적 기록으로 우리에게 다가온다. 그 안으로 '아버지'와 '어머니'의 모습이 선연하게 재현되고 있다.

> 한평생 어루만진 아버지의 농기구
>
> 양수기에 탈곡기, 쇠스랑에 괭이 삽
>
> 일일이 주소를 적어 명패를 만드셨다
>
> ―「명패」 전문

> 감잎을 찻잔에
> 띄우시던 그날에도
> 바람 불어 풋감이
> 떨어지던 그 새벽도
> 어머닌
> 거친 손으로
> 새벽밥을 지으셨다
>
> 불그레 감이 익어

구유 곁은 초겨울

시렁 시렁 엮어서

처마 밑에 걸어 놓고

어머닌

감빛에 취해

눈물마저 고왔다

―「상주에서」 전문

　시인의 시선에 들어온 "한평생 어루만진 아버지의 농기구"는 그야말로 아버지가 남기신 '명패'이기도 하다. 아버지의 '명패'는 "양수기에 탈곡기, 쇠스랑에 괭이 삽"으로 구성되어 있는데 아버지는 아마도 그들의 몸에 일일이 주소를 적어 자신의 명패를 만드셨을 것이다. 농경 사회의 세목과 아버지의 노동에 대한 애잔한 기억이 시편 한가운데를 가로질러 가고 있다. "헛간 속/ 혼자 남은 건조기/ 오지 않는 아버지"(「신일 전기 건조기」)에 대한 그리움이 그 아래로 은은하게 흐르고 있을 것이다. 그런가 하면 시인은 감잎을 찻잔에 띄우던 날에도, 바람 불어 풋감이 떨어지던 새벽에도, "거친 손으로/ 새벽밥을" 지으시던 어머니를 회상한다. 감이 익어 구유 곁에 걸어 놓았을 때에 어머니는 감빛에 취하여 고운 눈물을 보이셨다. 그러한 기억들이 감 집산지이기도 한 '상주'에서 비롯하고 있다. 이처럼 시인의 기억 속에는 아버지와 어머니의 노동과 눈물이 "감나무 어린잎이/ 첫눈 뜨는 아침"(「문암리 아침」)처럼 선명하게 다가온다. 특별히

"어머니 세월 닮은/ 미역"(「미역국을 끓이며」)을 씻곤 할 때 '시인 유지선'의 오랜 기억 속에 떠오르는 어머니의 형상은 가없이 아름답고 애잔하게 살아 나온다.

꽃무늬 양산 들고 외출하신 어머니

꽃무늬 블라우스 한 점 사 들고 오셨다

"어멈아, 이 옷 입어 보련 색깔이 제법 곱구나"
—「네, 어머니」 전문

꽃무늬 양산 들고 외출하신 어머니가 꽃무늬 블라우스를 한 점 사 오셔서는 "어멈아, 이 옷 입어 보련 색깔이 제법 곱구나"라고 말씀하시는 것이 작품의 전부다. 어머니의 다정하고 온기 있는 목소리가 들리는 듯하다. 그때 시편 제목인 '네, 어머니'는 어머니의 관심과 정성에 응답하는 시인의 목소리를 담았다. 시인의 근원 지향성이 다시 한번 잔잔한 빛을 뿌리는 순간이다. 이처럼 유지선의 시조는 오랜 기억을 떠올려 어떤 깨달음을 가능케 하는 매재媒材로 비유하는 방식, 경험적 직접성을 시간성 안에 내재한 속성으로 간접화하는 방식, 내면을 직접 표출하는 것이 아니라 객관적 상관물을 불러들여 그것들로 하여금 발화의 주체가 되게 하는 방식 등을 통해 존재론적 기원에 대한 한없는 그리움을 기록해 가고 있다. 그 점에서 이번 시조집은 부드럽고 간명한

언어를 들려주는 시인의 마음이 온축된 기억의 기록이라고
할 수 있을 것이다.

결국 지나간 시간에 대한 시인의 밀도 높은 관찰과 표현
은 직접적인 정서적 발화를 최대한 삼가면서 기억의 존재
방식과 삶의 본질을 유추적으로 결합시키는 과정으로 이어
지게끔 해준다. 이때 사물의 속성은 인간의 그것으로 치환
되고 존재의 심층에 가라앉은 삶의 이법에 대해 깊은 사유
를 가능케 해 준다. 이처럼 유지선 시인은 자신을 규정해
왔던 기억들을 통해 자신의 존재론적 기원을 탐색하고 재구
성하는 과정을 보여 줌으로써, 낭만적 충동과 회귀 의식을
동시에 관철하면서 깊고 강렬한 서사(narrative) 충동을 견
지해 간다. 여기서 우리는 구체적 시공간을 삶의 은유로 바
꾸어 내는 반듯하고 정통적인 시조의 기능을 확인하게 된
다. 그야말로 존재론적 기원을 향해 거슬러 올라가는 기억
의 힘이 아닐 수 없다.

4. '시적인 것'을 탐색해 가는 언어적 자의식

유지선 시조의 또 다른 음역音域은 존재자들의 깊고 애잔
한 삶 속에서 그들이 서로 말 건네고 바라보는 방식을 섬세
하게 노래하는 데 있다. 그것은 우리가 스스로를 걸어 잠그
고 고독 속으로 침잠해 가야 할 언어 곧 릴케(R. M. Rilke)
가 말한 "최상의 말"로 번져 온 것이다. 외상外傷과 갈등으

로 점철될 수밖에 없는 삶에 대하여 그녀의 시조는 반성적 사유와 비상의 의지를 동시에 발화한다. 그만큼 시간의 오랜 적층으로부터 천천히 탈각해 가면서 상승과 비상의 이미지를 통한 상상적 초월을 감행하는 유지선 시조는 투명하고 신성한 사물들과 만나는 시간 경험을 우리에게 선사해 준다. 성스러운 에너지로 세계를 강렬하게 흡인하는 언어를 통해 강인하고 쓸쓸하고 아름다운 사랑의 힘을 보여 준다. 그래서 우리는 사랑으로 번져 가는 생성의 방향이 유지선 시조의 핵심 기율이라는 것을 알게 된다. 이 방향을 취하고 난 후 머뭇거리지 않고 자신의 시편을 밀어 가는 힘을 얻은 그녀는 자가 발전의 동력으로 따뜻하고 아름다운 '시'의 이름을 부르게 된다. 다음 작품을 한번 읽어 보자.

일상의 조각들이
꽃잎 지듯 하던 날에

한 나무 키워 내신
어머니의 정원 같은

회랑을
돌면서 눈물 젖는
시 한 수를 남겨 놓자

—「나의 시」 전문

시를 찾겠다고 무단 복사 중입니다

내가 시 되어 착해지고 싶습니다

무명 시 죽비로 치니 들꽃으로 핍니다

—「값」 전문

　그녀에게 '시=시조'란, 일상의 조각들이 하나씩 사라져
가도 결국에는 "한 나무 키워 내신/ 어머니의 정원 같은" 곳
으로 우뚝하게 남아 있는 어떤 것이다. 회랑을 돌면서 "눈
물 젖는/ 시 한 수"를 남겨 놓고자 다짐하는 시인은 그렇게
'나의 시'야말로 일상과 상상, 생명과 눈물, 꽃잎과 어머니
가 공존하는 언어의 현장임을 고백한 셈이다. 이러한 언어
적 자의식으로 유지선 시인은 자신만의 아름답고 단정한 시
조를 써 간다. 그리고 그다음 시편에서는 '시'를 찾겠다고 무
단 복사 중인 과정을 보여 주면서 "내가 시 되어 착해지고"
싶다는 소망을 고백하기도 한다. "무명 시 죽비로" 치는 순
간에 들꽃으로 피어나는 존재는 바로 오래전부터 꿈꾸어 왔
던 시인으로서의 '값'일 것이다. 그렇게 "구름 한 점 시가 되
고/ 전나무 그림이"(「내소사에 들다」) 되는 순간이 예술적 자
의식으로 가득한 '시인 유지선'의 현재형인 셈이다. 그 안에
는 "내 키를 훌쩍 키웠던 그 세월도"(「디자인하자」) 버리고 새
로운 '값'을 향해 나아가려는 시인의 돌올한 의지가 숨 쉬고
있다 할 것이다.

못생긴 항아리 속

주홍빛 감이 삭고

그 곁에 큰 항아리 조선간장 맛이 깊다

금이 간

빈 항아리 하나

엄마의 세월이다

—「손금」 전문

　그녀의 시조는 항아리 안에서 "주홍빛 감"처럼 천천히 성
숙해 간다. 그러니 곁에 있는 "큰 항아리 조선간장 맛"도 깊
어지고 "금이 간/ 빈 항아리 하나"만이 "엄마의 세월"처럼
익어 가는 것이 아니겠는가. 시인이 바라본 강물 같은 '손금'
의 흔적은 그렇게 성숙해 가는 예술혼魂을 은유하면서 '시인
유지선'의 소망과 의지를 약여하게 드러내 준다. "언 땅에
봄비 불러 별빛 주고 햇빛"(「JH 스승」) 주던 시간을 배워 가면
서 시인은 "저렇게/ 자유로운 건/ 죄 없기 때문"(「무죄」)이라
는 자의식으로 '시적인 것'을 향해 나아간다. 그 안에 '정원'
도 '죽비'도 '항아리'도 알맞은 상관물로 들어 있는 것이다.
　이처럼 구체적 상황 속에서 시 쓰기의 기율과 존재론을
살펴 가는 유지선 시인의 발걸음은 이번 첫 시조집에서 완
성도 높은 시편들을 통해 다양하고도 풍부한 심미적 형상들
을 얻어 간다. 말할 것도 없이, 이러한 세계는 고유한 방법

론적 주춧돌이자 그녀를 여느 시인들과 구별해 주는 유력한 표지標識로 작용할 것이다. 유지선 시인은 정형 양식의 단정함 안에서 정제된 언어적 자의식을 보여 주는데, 우리는 자연스럽게 그 안에서 '시조'라는 양식적 특성을 따라 그녀만의 세련되고도 심미적인 목소리를 만나게 된다. 여타 시조 미학보다는 자유로운 언어 조직인 것처럼 보이지만, 그녀는 정형이라는 울타리 안에서 구심적 사유와 감각을 응집해 내는 견고하고도 생동하는 세계를 보여 준다. 그 견고함과 생동감을 결속하는 힘의 저류底流에는 시인으로서의 존재론을 감싸고 있는 슬픔과 희망이 들어 있다. 기다림과 충일감을 결속하는 슬픔과 희망의 사제司祭로서 '시적인 것'을 탐색해 가는 그녀의 언어적 자의식이 이렇게 천천히 번져 오고 있는 것이다.

5. 크고 깊은 기원과 역사를 향하는 문양文樣

인간을 둘러싼 사회 환경이나 제도, 관행, 지적 흐름 등이 일련의 복합성을 띠기 시작하면서, 서정시의 미학은 순탄한 연속성을 지니지 못하고 다양한 파격들에 의한 새로운 지형들을 끊임없이 파생해 왔다. 심미적 관조나 순간적 정서로 표상하기에는 사회적 관계가 더없이 복잡해졌고 따라서 비판적 인식이나 대안적 사유를 표명하려고 할 때 서술적, 산문적, 해체적 경향이 어느 정도 불가피했기 때문일 것이다. 그럼에도 짧은 형식을 통해 어떤 크고 근원적인 세계를 완성하려는, 언어를 사용하면서도 언어의 명료함을 부정하려는 역설적 노력은 압축과 긴장을 모태로 하는 정형 양식에 대한 집착을 견고하게 키워 가게끔 해 주었다. 사람, 사물, 풍경, 말을 일일이 호명하는 언외지의言外之意의 나직한 목소리를 우리는 시조를 통해 구현해 온 것이다. 그 안에는 지나온 시간에 대한 일방적 미화보다는 거기서 비롯한 흔적들을 추스르고 치유하려는 견인의 미학이 특유의 리듬에 얹혀 나타났기 때문이다. 유지선 시인이 들려주는 '고요의 리듬'은 여느 퇴행(regression)과는 다른 역류적 상상력에서 비롯하여 우리로 하여금 만남과 떠남, 삶과 죽음, 텅 빔과 꽉 참, 활력과 적막을 모두 놓치지 않고 읽게끔 해 준 득의의 세계이다. 이 모든 것이, 그녀의 첫 시조집이 우리에게 선사하는 독보적 문양이 아닐까 한다. 그리고 그 문양文樣은 더 크고 깊은 기원과 역사를 향하기도 한다.

　　한강, 그 물줄기
　　소리 없이 뻗어 가고

　　씨앗은 땅속에서
　　더운 가슴으로 부풀겠다

　　늦가을
　　서릿발 쳐도

봄은 다시 오리니

―「기원」 전문

시인은 소리 없이 물줄기가 뻗어 가는 한강을 바라보고
있다. 생명의 근원이 되는 '씨앗'은 아마도 땅속에서 스스로
"더운 가슴"을 부풀리고 있을 것이다. 외적 시련을 상징하
는 "늦가을/ 서릿발"이 한없이 몰아쳐 와도 생명의 기원이
되는 '봄'은 어김없이 땅속의 싹을 틔우면서 다시 올 것이기
때문이다. 여기서 생명의 기원은 '한강/땅/씨앗/봄'으로 계
열체를 이루고 있다. 짧은 단시조이지만 그 안에는 모든 존
재자의 '기원起源'으로서, 강과 땅과 계절이 씨앗을 중심으
로 순환하는 엄연한 질서가 숨겨져 있고, 그것을 간절하게
소망하는 시인의 '기원祈願'이 함축되어 있기도 하다. 이 또
한 "하나님 앞에서만 무릎 꿇기"(「참주인」)를 다짐했던 시인
의 "간절한/ 기도 제목이/ 잠 못 들고"(「기도」) 있음을 보여
주는 상징적 국면이라 할 수 있을 것이다.

할머니의
발등에 이제야 꽃이 핀다

진정
용서하고픈 내일의 꽃을 본다

더 이상

울지를 마라

매화꽃이 피었다

—「위안부 할머니」 전문

　종군위안부라는 역사적 상징은 아직도 우리 역사에서 미
해결의 장場으로 남아 있다. 시인은 할머니의 발등에 피어
난 '꽃'을 바라보면서 거기서 "진정/ 용서하고픈 내일의 꽃"
을 떠올리고 있다. 그 '꽃'은 더 이상 울지 말기를 희원하면
서 피어나는 '매화꽃'의 형상을 하고 있다. 위안부 할머니의
삶에 다가드는 따뜻한 봄을 알리는 '매화'라는 구심점을 통
해 시인은 "그리운 강아지풀/ 꽃술 가득 깃을 세우고"(「섭리」)
있을 그분들의 꽃다움을 순간적으로 탈환하고 회복하는 것
이다. 역사 한복판, 그리고 역사 너머의 꽃을 상상하는 시
인의 품이 넓고도 깊다.

　유지선 시인은 이처럼 기원과 역사를 향한 상상력을 견
고한 감각과 언어로 다듬어 간다. 그녀는 우리가 무심히 지
나칠 수 있는 흔적의 표면을 뚫고 들어가 그 이면에 잠들어
있는 기억의 심층을 찾아낸다. 또한 자신이 겪어 온 상처
와 통증의 굴곡을 재현하면서 그 안에 흐르고 있는 희망과
신성한 힘에 대해 노래한다. 이러한 과정을 통해 인간의 보
편적이고 근원적인 존재 형식을 재차 묻는 것이다. 그 점에
서 그녀의 시조는 인생론적 상처와 고통에 관한 절절한 치
유의 기원이면서 동시에 구체적 역사에 대한 긴장과 균형의
시선을 잃지 않은 실례로 귀하게 다가오고 있다 할 것이다.

6. 유지선 시조의 미래

　두루 알다시피, 시조를 포함한 서정시 장르는 사적인 이야기를 형상화할 때도 그 안에 여러 차원의 보편성을 내포하게 마련이다. 하지만 서정시는 타자를 향해 한껏 원심력을 보였다가도 다시 구체적인 개인으로 귀환하는 자기 회귀적 속성을 견지한다. 물론 그 회귀성은 오랜 시간을 거쳐 다시 돌아오는 과정을 띠기 때문에 여전히 서정시는 시간예술로서의 자기 본령을 양도하지 않는다. 유지선은 이러한 회귀성을 통해 시간 경험에 대한 탐구에 매진해 가는 시인이다. 그 결실이 이번 첫 시조집인 셈이다.

　또한 서정시는 주체의 자기 발화에서 시작되고 완성되어 간다. 물론 그 대상이 공적 범주에 포괄됨으로써 모종의 사회적 확산을 가져오는 경우도 있겠지만 그때도 서정시는 궁극적으로 자기 회귀의 속성을 필연적으로 견지하게 마련이다. 물론 여기서 말하는 자기 회귀성이 사적 개인에 국한되는 것이 아님은 췌언의 여지가 없을 것이다. 유지선 시인은 그것이 커다란 역사적 내러티브이든, 지나간 유년을 소중하게 추억하는 것이든, 아니면 시간 자체의 비의秘義를 탐색하는 것이든, 이러한 자기 회귀성을 남다른 관찰과 해석으로 수행하고 있다. 물론 이러한 특성에는, 직선적이고 분절적인 근대적 시간관觀에 대한 반성의 의미도 포함되어 있을 것이다. 시인은 철저하게 자신만의 시간 경험을 해석하고 수용하는 과정에서 삶에 대한 궁극적 긍정과 추인의 비밀을 들려주고 있기 때문이다. 이 모든 것이 유지선 시조의 오랜 축적의 결실이자 스스로 개척해 가야 할 역설적 미래이기도 할 것이다.

이제 우리는, 언어예술로서의 엄정함과 고전적 통찰을 담아내면서도 의미의 투명성을 주는 시조, 풍부한 정서적 위안과 인지적 울림을 주는 시조, 소통 가능성과 미학적 완결성을 동시에 꾀하여 그만큼 복합적 기억을 낳는 시조, 전통을 이으면서도 동시대의 담론적 감각을 결합하고 있는 시조야말로 우리 시대의 정형 미학이 되어야 할 것이라고 조심스럽게 생각해 본다. 더불어 이번 시조집에서 유지선 시인이 이러한 가능성을 여러 차원에서 보여 주었다고 생각한다. 이러한 가능성을 최대화하고 첨예화하여, 목화꽃 송이로 터지듯 순연한 감동을 그녀의 시조가 우리에게 전해 주기를 기대해 본다. "한 사랑 위해/ 단 한 번 피는 꽃"으로서의 유지선 시조가 한국 정형시의 미래에 강렬하고 빛나는 원군이 되기를 마음 깊이 희원해 보는 것이다.